W0339510

Le crocodile de l'école

Pour Lucile, Rim et Garance
- M.B.

Pour les petits crocos de l'école du château de Commercy
et pour Fanny, leur adorable maîtresse
- C.N.V.

ISBN 978-2-211-23542-6
Première édition dans la collection *les lutins* : août 2018

Loi numéro 49956 du 16 juillet 1949 sur les publications
destinées à la jeunesse : septembre 2016
Dépôt légal : novembre 2019
Imprimé en France par Estimprim à Autechaux

Christine Naumann-Villemin – Marianne Barcilon

Le crocodile de l'école

kaléidoscope
les lutins de l'école des loisirs
11, rue de Sèvres, Paris 6e

Aujourd'hui, il y a un nouvel élève à l'école :
c'est un tout petit minuscule riquiqui petiot titi crocodile !

Avant de commencer, les enfants font des jeux.

Mais le tout petit minuscule riquiqui petiot titi crocodile ne sait pas jouer.

Alors, les enfants lui montrent.

Oh ! Mais c'est une idée ou le crocodile a un peu grandi ?

C'est le moment de dessiner.

Mais le minuscule riquiqui petiot titi
crocodile ne sait pas comment faire.

Alors, les enfants lui montrent.

Love

Oh ! Mais c'est une idée ou le crocodile a un peu grandi ?

Pendant la récréation, les enfants font du vélo.
Mais le riquiqui petiot titi crocodile ne sait pas pédaler !

Alors, les enfants lui montrent.

Oh ! Mais c'est une idée ou le crocodile a un peu grandi ?

À la cantine, les enfants se régalent.
Mais le petiot titi crocodile ne sait pas manger proprement.

Alors, les enfants lui montrent.

Oh ! Mais c'est une idée ou le crocodile
a un peu grandi ?

À la piscine, tout le monde se prépare.
Mais le titi crocodile ne sait pas se débrouiller tout seul.
Alors, les enfants lui montrent.

Oh ! Mais c'est une idée ou le crocodile a un peu grandi ?

Le crocodile est devenu grand ! Très grand !
Au bord de l'eau, il ouvre grande sa terrible gueule et…

… emmène les enfants en balade !
Oh ! Mais c'est une idée ou les ENFANTS ont un peu grandi ?